Bianca

LAS CARICIAS DE SU ENEMIGO

RACHAEL THOMAS

Editado por Harlequin Ibérica.
Una división de HarperCollins Ibérica, S.A.
Núñez de Balboa, 56
28001 Madrid

© 2015 Rachael Thomas
© 2016 Harlequin Ibérica, una división de HarperCollins Ibérica, S.A.
Las caricias de su enemigo, n.º 2503 - 2.11.16
Título original: Craving Her Enemy's Touch
Publicada originalmente por Mills & Boon®, Ltd., Londres.

I.S.B.N.: 978-84-687-8511-0
Depósito legal: M-28255-2016
Impresión en CPI (Barcelona)
Fecha impresion para Argentina: 1.5.17
Distribuidor exclusivo para España: LOGISTA
Distribuidores para México: CODIPLYRSA y Despacho Flores
Distribuidores para Argentina: Interior, DGP, S.A. Alvarado 2118.
Cap. Fed./Buenos Aires y Gran Buenos Aires, VACCARO HNOS.

Capítulo 1

EL RONRONEO del motor de un deportivo rompió la quietud de la tarde e hizo que la mente de Charlie volviera de inmediato al pasado, a los acontecimientos de los que llevaba ocultándose todo aquel año.

Había crecido en el sofisticado mundo de los coches de carreras, pero la muerte de su hermano la había impulsado a retirarse al campo, al santuario del jardín de su casa. Era un lugar seguro, pero el instinto le dijo que aquella seguridad peligraba.

Incapaz de contenerse, escuchó el inconfundible sonido del motor V8 mientras el coche se detenía. Todo pensamiento relacionado con la jardinería abandonó su mente, que se vio repentinamente invadida de imágenes de épocas más felices, imágenes que chocaron frontalmente con las del momento en que su mundo se desmoronó.

Arrodillada como estaba sobre la yerba de su jardín no podía ver el coche que había al otro lado de la valla, pero sabía que era poderoso y caro, y que se había detenido justo delante de su puerta.

Cuando el sonido del motor se acalló por completo, lo único que se siguió escuchando en la tranquila campiña inglesa fue el canto de los pájaros.

Charlie cerró un momento los ojos a la vez que experimentaba un repentino temor. Por bienintencionadas que fueran, no necesitaba visitas del pasado. Lo más probable era que aquella tuviera que ver con su padre, que llevaba semanas presionándola para que siguiera adelante.

El sonido de la puerta del coche al cerrarse fue seguido por el de unos firmes pasos en el sendero de entrada.

– *Scusi!* –la profunda voz masculina sobresaltó a Charlie más que el italiano en sí, y saltó como una cría a la que acabaran de atrapar robando un dulce.

El metro ochenta y cinco de moreno varón italiano que apareció en la entrada de su jardín la dejó sin habla. Vestido con unos vaqueros de diseño que ceñían sus muslos a la perfección, parecía totalmente fuera de lugar en aquel entorno, aunque a Charlie le resultó vagamente familiar. Vestía una cazadora de cuero sobre una camisa oscura y parecía todo lo que podía esperarse de un italiano: seguro de sí mismo y poseedor de un innegable atractivo sexual.

Su oscuro pelo, ligeramente largo, era fuerte y brillaba como el azabache a la luz del sol. La sombra de la incipiente barba que cubría su moreno rostro realzaba sus atractivos rasgos. Pero fue la intensidad de la mirada de sus ojos oscuros lo que dejó a Charlie sin aliento.

–Estoy buscando a Charlotte Warrington –su acento era muy marcado y resultaba increíblemente sexy, al igual que el modo en que pronunció el nombre, como si fuera una breve melodía.

Mientras se quitaba los guantes de trabajo, Charlie fue muy consciente de que vestía sus vaqueros más viejos y una sencilla camiseta, y de que llevaba el pelo sujeto en algo parecido a una cola de caballo.

Sin duda alguna, aquel debía de ser el socio de su hermano, el hombre que había conseguido que se metiera a fondo en el mundo de los coches de carreras, hasta el punto de casi hacerle olvidar la existencia de su familia. La indignación afloró de inmediato.

–¿Qué puedo hacer por usted, señor...?

El desconocido permaneció en silencio, observándola atentamente. Charlie sintió que toda la piel le cosquilleaba bajo la caricia de aquellos oscuros ojos.

–¿Eres la hermana de Sebastian? –la pregunta fue formulada con una mezcla de incredulidad y acusación, pero Charlie apenas lo notó, pues el dolor que ya creía casi superado resurgió al escuchar el nombre de su hermano.

–Sí –contestó con evidente irritación–. ¿Y tú quién eres? –preguntó a pesar de saber que se encontraba frente al hombre al que consideraba responsable de la muerte de su hermano.

Se odió a sí misma por el destello de atracción que había experimentado al verlo. ¿Cómo era posible que pudiera sentir algo más que desprecio por aquel hombre?

–Roselli –contestó él, confirmando las peores sospechas de Charlie–. Alessandro Roselli –añadió mientras avanzaba hacia ella.

Pero la mirada que le dedicó Charlie le hizo detenerse.

—No tengo nada que decirte, Alessandro Roselli —dijo con firmeza mientras trataba de no sentirse afectada por la mirada de aquel hombre, por completo carente de la culpabilidad que debería haber en ella—. Y ahora haz el favor de irte —añadió a la vez que pasaba junto a él y se encaminaba hacia la entrada de la casa, convencida de que se iría.

—No.

Aquel firme y acentuado monosílabo paralizó a Charlie. Un escalofrío le recorrió la espalda, no solo por miedo al hombre que tan cerca estaba de ella, sino también por todo lo que representaba.

Se volvió lentamente hacia él.

—No tenemos nada que decirnos. Creo que ya lo dejé bien claro en mi respuesta a la carta que enviaste tras la muerte de Sebastian.

«La muerte de Sebastian».

Era duro pronunciar aquellas palabras en alto. Era duro admitir que su hermano se había ido para siempre. Pero era aún peor que el responsable de aquella muerte hubiera invadido su casa, su santuario.

—Puede que tú no tengas nada que decirme, pero yo sí tengo algo que decirte —dijo Alessandro a la vez que daba un paso hacia ella.

Charlie contempló un momento sus rasgos, la firmeza de sus labios. Evidentemente, aquel era un hombre acostumbrado a salirse con la suya.

—No quiero escuchar lo que tengas que decirme —ni siquiera quería hablar con él. No quería mirarlo. Ni siquiera quería reconocer que estaba allí.

–Voy a decirlo de todos modos.

La voz de Alessandro Roselli sonó parecida a un gruñido y Charlie se preguntó cuál de los dos estaría haciendo más esfuerzos por mantener la compostura. Alzó una ceja con expresión interrogante y vio que él comprimía los labios. Satisfecha al comprobar que lo estaba irritando, giró sobre sí misma y se encaminó hacia la casa.

–He venido porque Sebastian me pidió que lo hiciera –aquellas palabras, pronunciadas con un acento marcadamente italiano, hicieron que Charlie se detuviera en seco

–¿Cómo te atreves? –le espetó a la vez que se volvía de nuevo hacia él–. Estás aquí por tu sentimiento de culpabilidad.

–¿Mi sentimiento de culpabilidad? –repitió Alessandro a la vez que recorría de una zancada el breve espacio que los separaba.

Charlie sintió los frenéticos latidos de su corazón y notó que se le debilitaban las rodillas, pero no estaba dispuesta a permitir que él lo notara.

–Fue culpa tuya. Tú eres el responsable de la muerte de Sebastian.

Aquellas palabras quedaron suspendidas entre ellos a la vez que el sol se ocultaba tras unas nubes como si hubiera sentido que se avecinaba una tormenta. Charlie vio cómo se endurecía la expresión del atractivo rostro de Alessandro Roselli.

Estaba tan cerca y era tan alto que lamentó no llevar los tacones que solía utilizar antes de que su vida anterior se viera barrida por un torbellino. Pero mantuvo la mirada firme, decidida a hacer frente a su agresiva actitud.

–Si, como dices, hubiera sido culpa mía, no habría esperado un año para venir –murmuró él a la vez que daba un paso más hacia ella.

Charlie pensó que estaba tan cerca que podría haberla besado. Aquel absurdo pensamiento la conmocionó, y tuvo que contenerse para no dar un paso atrás. Ella no había hecho nada malo. Era él el culpable.

–Fue tu coche el que se estrelló.

–El coche lo diseñamos tu hermano y yo. Lo construimos juntos.

Charlie creyó percibir un matiz de dolor en la voz de Alessandro, profunda y acentuada, pero se dijo que solo era un reflejo de su propio dolor.

–Pero fue Sebastian el que lo probó –replicó mientras se esforzaba por no ser engullida por recuerdos y demonios que ya creía superados.

Alessandro no dijo nada y Charlie se mantuvo firme en su terreno, consciente a pesar de sí misma de que los latidos de su corazón no se debían tan solo al recuerdo de Sebastian. Aquellos latidos también tenían que ver con aquel hombre. La potente virilidad que emanaba de él había afectado a la mujer adormecida que llevaba en su interior... y lo odiaba por ello.

–Supongo que no fue bueno para la reputación de tu empresa que un prometedor corredor muriera al volante de tu prototipo –dijo en tono sutilmente retador.

Alessandro no se movió ni pareció inmutarse, pero sus ojos destellaron como dos diamantes.

–No fue bueno para nadie –contestó, y el gélido tono de su voz hizo que Charlie experimentara un escalofrío.

Charlie respiró profunda y temblorosamente. No podía ponerse a llorar en aquel momento. Ya había llorado bastante. Ya era hora de seguir adelante, de forjarse un nuevo camino en la vida. No podía seguir haciendo lo que había hecho. La época que había pasado ante las cámaras representando al equipo de Sebastian había acabado para siempre. Sin embargo, aquel hombre parecía empeñado en volver a llevar al presente aquel pasado.

–Creo que deberías irte. Tu presencia no me está haciendo ningún bien –dijo Charlie a la vez que daba un paso atrás para apartarse de él.

–Estoy aquí porque Sebastian me pidió que viniera.

Charlie negó vehementemente con la cabeza, consciente de que el estallido emocional que pretendía mantener a raya amenazaba con desbordarse.

–A pesar de todo, quiero que te vayas –dijo con toda la firmeza que pudo antes de volverse para encaminarse de nuevo hacia la casa.

Alessandro cerró un momento los ojos y suspiró mientras Charlie se alejaba. No había esperado aquella reacción cercana a la histeria. Por un instante se planteó regresar a su coche para marcharse de allí. A fin de cuentas, ya había cumplido con parte de lo que le había prometido a Sebastian.

–*Maledizione!* –masculló a la vez que se ponía a

caminar tras ella. Mientras avanzaba por aquel jardín lleno de flores no pudo evitar recordar la época en que estuvo cuidando de su hermana mientras ella se recuperaba de un accidente de coche. Pero aquel era un recuerdo que no le iba a servir de nada en aquellos momentos.

Cuando estaba a punto de entrar escuchó el frustrado gruñido que dejó escapar Charlie, lo que no le impidió seguir adelante. No pensaba rendirse tan fácilmente.

Aquella mujer se había negado tozudamente a la petición de su hermano de acudir a Italia a ver el coche en que habían estado trabajando, algo que había enfadado a Sebastian. Tras el accidente, él le había ofrecido su apoyo, pero no había esperado el rechazo ni la fría y furiosa negativa de Charlie.

Charlie apoyó ambas manos sobre la mesa e inclinó la cabeza con expresión desesperada.

—¿Cómo te atreves a entrar sin haber sido invitado?

—Me atrevo porque le prometí a Sebastian que vendría —Alessandro se acercó a ella hasta que lo único que se interpuso entre ellos fue una silla.

—Estoy segura de que Sebastian no habría hecho prometer a nadie que vendría hasta aquí a fastidiarme.

—¿A fastidiarte? —repitió Alessandro con el ceño fruncido.

—Sí, a fastidiarme. A hostigarme. A acosarme. Llámalo como quieras —replicó Charlie, irritada. Su agitada respiración hizo que sus pechos se balancearan bajo la fina camiseta que vestía. A pesar de sí mismo, Alessandro no pudo evitar que llamaran su atención y que una andanada de lujuriosas hormonas recorrieran su cuerpo.

—Me hizo prometerle que te llevaría a Italia para la presentación oficial del coche —dijo con más énfasis del que pretendía, porque lo cierto era que no había esperado encontrarse con una mujer capaz de despertar en él aquella mezcla de furia y deseo. Aquella mujer tan sexy y apasionada no se parecía en nada a la jovencita dulce y feliz que le había descrito Sebastian.

—¿Qué? —preguntó Charlie a la vez que introducía bajo la mesa la silla que los separaba.

Teniendo en cuenta cómo estaba reaccionando su cuerpo ante las sensuales curvas de aquella mujer, a Alessandro no le pareció buena idea.

—El coche va a ser oficialmente presentado y quiero que estés allí.

—¿Quieres que esté allí? —repitió Charlie, incrédula.

Alessandro apartó de inmediato la punzada de mala conciencia que experimentó. Era evidente que Charlie lo consideraba responsable de lo sucedido aquella noche, pero él no podía mancillar sus recuerdos con la verdad. No después de la promesa que había hecho.

—Sebastian quería que estuvieras allí —¿qué le pasaba?, se preguntó. Aquella mujer no era lo que había esperado. No parecía sofisticada ni glamurosa y la idea de que hubiera llevado una vida lujosa hasta hacía poco no parecía posible.

¿Cómo era posible que aquella imagen sencilla

y normal de Charlotte Warrington, con el pelo revuelto y la ropa sucia de tierra, lo hubiera excitado de forma tan inmediata? Apenas podía pensar coherentemente mientras su cuerpo le exigía de forma implacable una satisfacción.

Charlie negó con la cabeza.

–Sebastian no me habría pedido eso. Y tampoco habría muerto de no ser por ti y por tu estúpido coche.

–Sabes que vivía para los coches, para la velocidad. Era a lo que se dedicaba, lo que se le daba bien –Sandro apartó de su mente la imagen del accidente, del terror de todo lo que sucedió a continuación de este que, en pocas horas, tuvo un desenlace fatal. Podía comprender el dolor de Charlie, pero no estaba dispuesto a permitir que lo culpara.

Había mantenido la verdad oculta al mundo y a los medios de comunicación por respeto al joven corredor que no había tardado en convertirse en su amigo. Y ya había llegado el momento de cumplir con la última voluntad de Sebastian: que su hermana diera su aprobación al coche y asistiera a su presentación.

–Es también por cómo murió –dijo Charlie con tristeza, y Alessandro notó que dejaba caer los hombros. La posibilidad de que estuviera a punto de llorar le produjo auténtico pánico.

Mientras Charlie recuperaba la compostura, Alessandro deslizó la mirada por la pequeña cocina en que se encontraban, típicamente inglesa, y no precisamente el lugar en que se había imaginado a Charlotte viviendo. En el aparador cercano había una foto enmarcada de Sebastian y Charlie.

Cuando la tomó, Charlie no dijo nada. Alessandro contempló la imagen de la mujer que aparecía junto a Sebastian. Una mujer que había visto a menudo en los medios de comunicación, pero a la que no había llegado a conocer en persona. La misma mujer que en aquellos momentos estaba teniendo aquel extraño efecto sobre él.

En la foto, sus ojos brillaban de felicidad, y sus labios estaban distendidos en una deliciosa sonrisa. Estaba apoyada contra un coche deportivo y su hermano, igualmente sonriente, tenía un brazo protectoramente pasado por sus hombros.

—Roma, hace dos años —dijo Charlie en un susurro, y Alessandro sintió el calor que emanaba de su cuerpo—. Antes de que se implicara por completo en tu proyecto y se olvidara de nosotros.

Alessandro inhaló su aroma, ligero y floral, como jazmín, mezclado con el olor a tierra fresca del jardín. Volvió a dejar la foto en su sitio e ignoró el tono acusador de las últimas palabras de Charlie.

—Os parecéis.

—Nos parecíamos —recalcó Charlie.

Aquel comentario hizo que aflorara el sentimiento de culpabilidad que Alessandro creía ya superado. Debería haber supuesto que el encuentro con la hermana de Sebastian no iba a ser fácil. El hecho de haber mantenido totalmente oculto el oscuro secreto de Sebastian no le había servido de mucho para apaciguar su conciencia.

Al bajar la mirada y ver los humedecidos y tristes ojos verdes de Charlie sintió que se le encogía dolorosamente el pecho.

–Era lo que él quería, Charlotte –dijo, incapaz de apartar la mirada de ella.

–Charlie. Nadie me llama Charlotte. Excepto mi madre –dijo Charlie en un susurro. La clase de susurro que Alessandro estaba acostumbrado a escuchar tras haber practicado apasionadamente el sexo con una mujer. Su deseo volvió a resurgir al imaginársela tumbada en la cama, desnuda, susurrando de satisfacción.

–Charlie –repitió mientras sentía la sangre corriendo ardiente por sus venas. Debía controlarse, o corría el peligro de complicar demasiado aquella misión–. Seb estaba empeñado en que fueras.

–No puedo –la ronca y a la vez delicada voz de Charlie solo sirvió para alentar su deseo.

–Claro que puedes –dijo y, sin pensar en lo que hacía, alzó una mano y le acarició la mejilla con el dorso.

Charlie contuvo el aliento y sus ojos se oscurecieron en un mensaje tan antiguo como la vida misma.

Negó lentamente con la cabeza contra los dedos de Alessandro, que apretó los dientes mientras se recordaba que él nunca mezclaba el trabajo con el placer, y aquello siempre se había tratado de trabajo... y de ocultar la caída de su amigo.

Pensó en la reciente conversación que había tenido con el padre de Sebastian. Lo que le había dicho lo había atado aún más profundamente a la promesa que le había hecho a su amigo mientras la vida se le escapaba de las manos.

–Tu padre piensa que deberías ir.

Fue como si se hubiera producido una explosión. Como si hubieran estallado fuegos artificiales entre ellos. Charlie prácticamente dio un salto atrás y sus ojos parecieron echar chispas cuando lo miró.

—¿Mi padre? —repitió, totalmente conmocionada—. ¿Has hablado con mi padre?

Charlie estaba anonadada. ¿Cómo se había atrevido Alessandro a hablar con su padre? ¿Y por qué no le había mencionado su padre esa conversación? ¿Por qué no le había advertido de que Alessandro Roselli, dueño de una de las empresas de coches más importantes de Italia, la estaba buscando para que hiciera algo para lo que él sabía que aún no estaba preparada? ¡Habían hablado el día anterior!

—¿Y de qué has hablado exactamente con mi padre? —dijo mientras se preguntaba cómo era posible que unos segundos antes hubiera disfrutado como una adolescente embobada con la caricia de los dedos de aquel hombre—. No tenías derecho a hacerlo.

—Me puse en contacto con él para preguntarle si podía visitarte para invitarte a la presentación del coche. Tu padre sabe que Seb quería que fueras —Alessandro se cruzó de brazos y se apoyó contra el borde de la encimera sin apartar la mirada de Charlie. Por segunda vez en aquel rato vio que se hundían sus hombros en un gesto de derrota.

Charlie se presionó las sienes con los dedos de una mano y cerró brevemente los ojos con la esperanza de que al abrirlos Alessandro Roselli no siguiera mirándola tan intensamente. Pero no sirvió de nada. Aquellos ojos con destellos de bronce, que tan extrañamente familiares le resultaban, seguían mirándola como si pudieran desvelar hasta el más íntimo de sus secretos.

—No tenías derecho a hablar con mi padre. No necesita que se dediquen a recordarle lo que hemos perdido, y yo soy perfectamente capaz de decidir por mí misma si quiero verte o no o si quiero asistir a la presentación o no.

—¿Y quieres hacerlo? —Alessandro alzó las cejas a la vez que esbozaba una sonrisa.

—No quería verte, desde luego. De hecho, te he pedido que te fueras en cuanto has llegado. No quiero volver a saber nada del mundillo de las carreras de coches.

—¿Es ese el motivo por el que te has escondido en las profundidades de la campiña inglesa?

—No me estoy escondiendo. Me retiré del frenético mundo de los medios de comunicación por respeto a mi hermano —replicó Charlie secamente—. No podía seguir ante las cámaras promocionando al equipo tras la muerte de Seb.

—¿Y crees que él querría que siguieras así? Este lugar está muy bien, pero una mujer como tú no debería seguir escondida aquí para siempre.

La mirada de Charlie se vio irremisiblemente atraída hacia la sensual curva de los labios de Alessandro. ¿Por qué tenía que encontrar tan atractivo a aquel hombre precisamente?

—¿A qué te refieres con lo de «una mujer como yo»?

–A que, al menos antes, solía gustarte vivir a tope.

–Pero no tengo intención de volver a hacerlo, y nada de lo que tú o mi padre podáis decirme me hará cambiar de opinión.

–«Cuida de mi pequeña Charlie. Le gustarás» –Alessandro dijo aquello con especial firmeza y Charlie supo con exactitud a quién estaba citando. Solo Seb la llamaba su «pequeña Charlie».

Alessandro apartó una silla de la mesa y se sentó. Parecía querer dejar claro que no tenía intención de irse así como así.

–No te creo –replicó Charlie a la vez que se cruzaba de brazos como una especie de defensa contra el intenso escrutinio de Alessandro. Pero no pudo evitar recordar cómo la había animado su hermano a volver a salir con algún hombre y cuánto había insistido en que no todos los hombres eran como su antiguo prometido–. Sebastian nunca habría dicho eso.

–Pero es cierto, *cara* –replicó Alessandro, que tomó distraídamente el periódico local que había sobre la mesa y lo atrajo hacia sí. Parecía sentirse allí tan cómodo como si estuviera en su propia casa.

–Para ti soy Charlotte –dijo Charlie, lamentando haberlo invitado a llamarla «Charlie».

–Charlotte... –repitió él, despacio, como acariciando cada sílaba.

Charlie sintió que todo su cuerpo se acaloraba a la vez que los latidos de su corazón arreciaban. ¿Qué diablos le estaba pasando?

Tal vez llevaba demasiado tiempo sin vivir «a tope», como había dicho Alessandro. ¿Debería creerlo? ¿Debería creer que Seb quería que se implicara en la presentación del coche?

–¿Qué te dijo exactamente mi padre? –preguntó.

La mirada que le dirigió Alessandro hizo que su sensación de calor aumentara. Tragó convulsivamente. Su hermano no se había equivocado. Desde luego que Alessandro Roselli le gustaba, pero solo a un nivel totalmente primario. Se trataba de mera concupiscencia, nada más, algo que podía superar rápidamente.

–Dijo que ya era hora de que volvieras a ocupar el asiento del conductor.

Las palabras de Alessandro quedaron como suspendidas en el aire. Eran las mismas que el padre de Charlie le había dicho a ella hacía solo unas semanas.

–No sabía que además de la sofisticada imagen que siempre has mostrado ante las cámaras hubieras aprendido a conducir coches de carreras –Alessandro observó atentamente a Charlie mientras decía aquello, y ella tuvo la sensación de que trataba de irritarla, de hacerle aceptar que su hermano había querido que se implicara.

Pensó en su trabajo de promoción del equipo de Seb, al que había seguido por todos los circuitos de carreras del mundo. En su momento disfrutó llevando aquella vida de emoción y lujo, una clase de vida a la que llegó a base de mucho esfuerzo, trabajando desde la base. Pero, a pesar de la glamurosa imagen que siempre había ofrecido al mundo cuando se había puesto ante las cámaras, siempre se había sentido más segura y menos expuesta haciendo lo que de verdad le gustaba: trabajar en los coches y conducirlos, algo a lo que su madre siempre se había opuesto.

¿Habría llegado el momento de dejar de ocultarse y de volver a formar parte de aquella clase de vida?

Te sorprenderías al escuchar el tono evidentemente coqueto con el que había hablado se sintió impresionada. ¿Qué estaba haciendo? Ella nunca flirteaba. Hacerlo solo causaba problemas. Lo sabía mejor que la mayoría, porque lo había visto muchas veces en aquel mundillo. El flirteo aparentemente desenfadado siempre llevaba a más. Su madre cayó víctima de aquella costumbre y los abandonó para perseguir a su último amor cuando Seb y ella aún eran unos adolescentes.

Alessandro alzó una ceja y sus ojos brillaron con una expresión traviesa y muy sexy. Charlie temió derretirse allí mismo si seguía bajo su escrutinio.

—Espero llegar a comprobarlo —dijo él, y Charlie sintió que el ronco tono de su voz recorría su cuerpo como una caricia.

—¿Te apetece un café? —ofreció, aferrándose a la primera táctica de distracción que se le ocurrió.

—*Sì, grazie* —el efecto que Charlie estaba ejerciendo sobre él hizo que Alessandro volviera automáticamente al italiano. El café no era precisamente en lo que estaba pensando.

Observó a Charlie mientras se movía por la cocina. Le gustaba el modo en que sus vaqueros se ceñían a sus muslos y acentuaban las formas de su trasero. La camiseta no podía ocultar su estrecha cintura, al igual que tampoco había podido ocultar unos momentos antes el balanceo de sus pechos.

Un minuto después, Charlie volvió a la mesa con dos humeantes tazas de café instantáneo. Alessandro observó casi hipnotizado sus labios cuando se inclinó para soplar el vapor que surgía de su taza. Era una mujer muy sensual y, en otras circunstancias, le habría gustado seguir explorando la intensa atracción que sentía por ella, pero no debía olvidar que era la hermana de Sebastian y que, por respeto a la memoria de su amigo, no podía seguir adelante.

–Volvamos a los negocios –dijo, tenso.

–No era consciente de que estábamos hablando de negocios –el tono de Charlie, demasiado desenfadado, dejó entrever que estaba luchando con emociones más intensas de lo que parecía–: Pensaba que solo pretendías salvar tu conciencia, liberarte de la sensación de culpa.

Era cierto que Alessandro sentía culpabilidad por la muerte de Seb, pero ¿quién no la habría sentido, dadas las circunstancias? Sin embargo, no había acudido allí a acallar su conciencia, sino a cumplir la promesa que había hecho.

–Sí estamos hablando de negocios, Charlotte. Quiero que asistas a la presentación del coche. Seb siempre quiso que fuera así. Sabía lo bien que se te da tratar con la prensa.

–A mí nunca me dijo nada al respecto.

Alessandro estuvo a punto de contarle lo mucho que su hermano la había echado de menos, pero no llegó a hacerlo, conmocionado por el dolor que reflejaron las siguientes palabras de Charlie.

–Pero supongo que no sabía que iba a morir.

Alessandro asintió lentamente.

–Desafortunadamente, eso es cierto.

Charlie apartó un poco la taza de café de su lado, como si no tuviera intención de seguir tomándosela.

–¿Cuándo es la presentación del coche?

Sus ojos, ligeramente humedecidos por las lágrimas no derramadas, se encontraron con los de Alessandro, que sintió una inmediata punzada de culpabilidad por la tristeza que vio reflejada en ellos. Sintió la necesidad de arreglar las cosas para ella, de volver a llevar la felicidad a su vida. Porque Charlie no se habría estado ocultando del mundo, y del mundo de los coches en particular, si no se sintiera realmente infeliz.

–El viernes.

–¡Pero solo faltan dos días para el viernes! Gracias por haberme avisado con tanta antelación –Charlie añadió aquello secamente, pero Alessandro captó un destello de determinación en su mirada que le gustó.

–¿Asistirás? –preguntó.

–Sí –dijo Charlie a la vez que empujaba la silla hacia atrás y se levantaba–. Pero lo haré en mis propios términos.

Capítulo 2

QUÉ términos? –preguntó Alessandro con suspicacia, sin moverse de su asiento.

Charlie notó que entrecerraba los ojos y tensaba la mandíbula. Evidentemente, no se esperaba aquello, pero ella tampoco había esperado su visita, y le molestaba que hubiera creído que iba a aceptar por el mero hecho de haberse presentado allí de forma totalmente inesperada para pedírselo.

Pero lo cierto era que estaba pensando que la presentación del coche podía ser precisamente el catalizador que necesitaba para recuperar el control de su vida. Ya era hora de dejar el pasado atrás, pero eso solo podría llegar a suceder si obtenía las respuestas que buscaba.

Lamentaba profundamente no haber visto a Seb en los meses previos al accidente. Si hubiera ido a Italia a ver cómo se transformaba el coche de un sueño en una realidad, ¿habría podido prevenir el accidente que tuvo lugar aquella funesta noche?

Aquella podía ser la única oportunidad de averiguar qué le había sucedido realmente a su hermano. A fin de cuentas, Sebastian había sido un magnífico conductor profesional y, para Charlie, su accidente no tenía una explicación lógica.

–Antes de hablar de mis condiciones necesito saber con exactitud qué pasó aquella noche –dijo a la vez que se cruzaba de brazos.

Esperaba ver como se ensombrecía la expresión de Alessandro Roselli a causa de la culpabilidad, pero al ver que no sucedía lo que había esperado, experimentó una punzada de duda.

–¿Qué quieres saber?

–¿Por qué estaba Seb conduciendo el coche? Según he oído, el prototipo aún no estaba listo para ser conducido –preguntó Charlie con todo el coraje del que pudo hacer acopio. Estaba decidida a averiguar la verdad de un modo u otro, porque estaba convencida de que aún no había salido por completo a la luz.

Alessandro la observó atentamente mientras apoyaba la espalda contra el respaldo del asiento, y Charlie tuvo la clara impresión de que estaba tratando de ganar tiempo para distraerla.

–¿Siempre te crees los rumores que oyes? –preguntó Alessandro a la vez que se cruzaba de brazos en una actitud mucho más relajada de la que, en opinión de Charlie, tenía derecho a mostrar.

–No, por supuesto que no –contestó, irritada.

–Entonces, si te digo que no había ningún problema con el coche, ¿me creerás?

A pesar de la calma que revelaba su lenguaje corporal, Charlie percibió la alerta que había en los oscuros ojos de Alessandro. Casi parecía un felino cazador tratando de imbuir en su presa una falsa sensación de seguridad.

Pero ella no era un ratón. Ella estaba en guardia.

Negó firmemente con la cabeza.

–Lo único que me convencería de eso sería ver el informe oficial del accidente.

Alessandro se levantó lentamente, fue hasta una de las ventanas de la cocina y contempló el exterior.

–¿Eso ayudaría de verdad? En el informe están todos los detalles.

–Sí –contestó Charlie a la vez que se acercaba a él, atraída por una inexplicable necesidad de ver su rostro, de ver la emoción que reflejaba–. Quiero cada detalle.

–¿Por qué crees que tu padre no te ha enseñado el informe? –los anchos hombros de Alessandro se convirtieron en una barrera, como si estuviera ocultando algo que no quería que Charlie supiera–. ¿Qué esperas averiguar?

–La verdad –Charlie volvió a irritarse al imaginarse a Alessandro hablando con su padre, conspirando para ocultar los detalles. Aún no entendía por qué su padre iba a querer ocultarle aquello, pero siempre había sospechado que había algo. ¿Estaría en deuda por algún motivo con aquel hombre?

Alessandro se volvió hacia ella con una dura expresión en el rostro.

–A veces es mejor no llegar a conocer la verdad.

–¿Qué? –Charlie volvió a alzar una mano hasta su frente para presionarse las sienes, apenas capaz de creer lo que estaba oyendo. Era obvio que su padre y Alessandro Roselli le estaban ocultando algo–. ¿De qué estás hablando?

Alessandro tuvo que apretar los dientes con fuerza para refrenar el impulso de contarle lo que quería saber. Pero aquella era una verdad que teñiría de tristeza para siempre toda la felicidad que Charlie había compartido con su hermano y, además, el padre de Charlie le había pedido expresamente que se la ocultara. Aquella era la única condición que le había puesto cuando había contactado con él. Y tenía intención de hacer honor a su palabra... y también de cumplir la promesa que le había hecho a Seb.

—Tu hermano sufrió un accidente a mucha velocidad. Eso lo sabes, ¿no?

—Lo sé —susurró Charlie, un poco más calmada—. Pero necesito saber lo que pasó y por qué.

—Te aseguro que es mejor que lo recuerdes bien y feliz, Charlotte.

El tembloroso suspiro que dejó escapar Charlie reveló que la resignación había podido con la furia que había amenazado con desbocarse unos momentos antes.

—Lo sé, pero hay tantas preguntas sin respuesta... —Charlie cerró los ojos y Alessandro se fijó en el contraste de sus gruesas y oscuras pestañas con su pálida piel. La urgencia que sintió de besarla casi lo dejó sin aliento.

La atracción que había surgido entre ellos en cuanto se habían visto complicaba las cosas, hacía que le costara aún más esfuerzo mantener la promesa que había hecho. Apretó los puños y dio un paso atrás para apartarse de la tentación.

Charlie abrió los ojos y alzó la barbilla en un gesto voluntarioso.

—Pienso averiguar lo que sucedió. El afán que

mostráis mi padre y tú por ocultarme lo sucedido me reafirma en ello.

—A veces es mejor dejar pasar las cosas. Por el bien de Seb, acepta lo que sabes y haz lo que te dice tu padre.

—¿Por el bien de Seb? —repitió Charlie con el ceño fruncido.

—Seb quería que asistieras a la presentación oficial del coche. Fue una de las últimas cosas que me dijo —contestó rápidamente Alessandro, consciente de que había estado a punto de meter la pata. Pero no pensaba contarle cuáles habían sido las últimas palabras de su hermano. Lo cierto era que consideraba a Charlie responsable en parte de los problemas de Seb. Nunca fue a ver a su hermano a Italia, ni demostró ningún interés por lo que hacía. Pero no era de aquello de lo que quería hablar en aquellos momentos. Lo único que quería conseguir era que Charlie aceptara asistir a la presentación.

—¿De verdad dijo eso? —preguntó ella en un tono apenas audible.

—Claro que lo dijo —contestó Alessandro, y esperó mientras ella lo miraba con expresión indecisa.

Charlie no lograba librarse de la sensación de inquietud que estaba experimentando. Sabía que el accidente que sufrió Seb tuvo que causarle heridas terribles, pero no lograba librarse de la sensación de que había algo más, algo que tanto su padre como Alessandro querían ocultarle.

Consciente de que por aquel camino no iba a averiguar nada, decidió cambiar de táctica y adoptar una actitud de aceptación.

–Si acepto asistir a la presentación quiero saberlo todo sobre el coche antes. Quiero ver en qué estabais trabajando Seb y tú. Quiero vivirlo, respirarlo –mientras hablaba, la pasión que siempre había sentido por su trabajo comenzó a recorrer sus venas tras todos aquellos meses de indiferencia.

–No hay tiempo para eso –dijo Alessandro.

–Si asisto a la presentación quiero poder hablar del coche con propiedad. Necesito saber todo lo que hay que saber al respecto. Quiero ver todos los archivos y todos los bocetos que hizo Seb del coche –dijo Charlie con firmeza.

Alessandro se acercó a ella con expresión severa.

–Eso no puedo permitirlo. No hay suficiente tiempo.

Charlie lo miró con expresión de incredulidad.

–¿Cómo que no puedes permitirlo? Si me conocieras un poco sabrías que me gusta hacer bien mi trabajo. Y supongo que querrás que promocione el coche adecuadamente y le dé mi aprobación, ¿no?

Alessandro respiró profundamente y Charlie no pudo evitar fijarse en cómo se expandía su poderoso pecho.

–Claro que quiero que le des tu aprobación, pero, dadas las circunstancias, ¿te parece prudente ahondar en toda esa información?

Charlie sabía que aquella era la única oportunidad que iba a tener de averiguar la verdad, algo que necesitaba para poder seguir adelante con su vida.

–No te preocupes. No pienso desmoronarme ni dejarme llevar por un nuevo arrebato de histeria femenina.

–Tal vez deberías hacerlo. Podría resultar liberador –dijo Alessandro a la vez que daba un paso hacia ella.

A pesar de que el instinto la impulsó a dar un paso atrás, Charlie no se movió. No podía permitir que aquel hombre fuera consciente del fuego que despertaba en ella.

–Ya ha pasado el momento de eso. Tengo intención de hacer lo que mi padre me aconsejó la semana pasada.

–¿Y cuál fue ese consejo?

–Ya lo sabes. Que volviera a ocupar el asiento del conductor.

Alessandro se llevó una mano a la barbilla y deslizó un pulgar sobre su incipiente barba. Aquel simple gesto despertó de nuevo la sensualidad adormecida de Charlie, pero sabía que no podía hacer caso a su cuerpo en aquellos momentos, a la forma en que estaba reaccionando por el mero hecho de hallarse cerca de él.

Hacía tiempo que no se relacionaba con hombres, y sus experiencias anteriores habían sido breves y bastante desastrosas. En aquella época, la separación de sus padres estaba aún muy fresca en su mente, y el desastre en que convirtieron su matrimonio no supuso precisamente un estímulo para ella.

–No creo que sea la mejor idea, pero, si estás completamente segura de ello, adelante –dijo Alessandro lentamente, sin dejar de mirarla.

–Lo estoy –replicó Charlie de inmediato.

Alessandro le ofreció su mano.

–En ese caso, tenemos un acuerdo.

–Tenemos un acuerdo –repitió Charlie que, al tomar la mano de Alessandro en la suya experimentó algo muy parecido a una descarga eléctrica. Sin apenas aliento, sintió que la calidez de su mano envolvía todo su cuerpo.

–*Bene* –la firmeza con que Alessandro dijo aquello dejó claro para Charlie que el contacto de sus manos no lo había afectado como a ella. Y haría bien en recordarlo la próxima vez que le sonriera como si fuera la mujer más bella del mundo. Alessandro estaba flirteando, como todos los hombres a los que había conocido hasta entonces, incluyendo a su padre. Y fue el flirteo lo que destruyó el matrimonio de sus padres, lo que condujo a su madre a los brazos de otro hombre y destrozó a su familia.

Cerró la puerta a aquellos pensamientos. No era el momento de dejarse llevar por ellos. No cuando acababa de encontrar la oportunidad perfecta para averiguar la verdad sobre las últimas horas de la vida de su hermano.

Alessandro retuvo en la suya la mano de Charlie y la miró a los ojos. ¿Lo habría sentido ella también? ¿Habría experimentado la misma oleada de pasión casi eléctrica recorriendo su cuerpo? Pero la firmeza de la mirada que le estaba dirigiendo y la expresión de sus labios revelaba que no había sido así. Su precioso rostro se había transformado en una pétrea máscara carente de cualquier emoción.

Debería haberle alegrado que el trato al que acababan de llegar no fuera a complicarse a causa del sexo. Su amistad con Seb y la promesa que le había hecho en la cama del hospital poco antes de que muriera, exigía que aquel acuerdo fuera solo de negocios. Y, al menos por la actitud de Charlie, así parecía que iba a ser.

—Si las circunstancias se vuelven demasiado dolorosas, demasiado insoportables para ti, deberás decírmelo.

Charlie frunció el ceño a la vez que retiraba su mano.

—Eso no sucederá —replicó con una convicción sin aparentes fisuras.

—Pareces muy segura de ello, a pesar de que hace solo un rato me has pedido que me fuera.

—Me has pillado desprevenida. Eso es todo —Charlie pasó rápidamente junto a Alessandro para recoger las tazas que había sobre la mesa y llevarlas al fregadero.

Alessandro no pudo evitar contemplar una vez más sus curvas, admirar su femenina delicadeza.

Pero ya era suficiente.

Estaba allí por negocios. Nada más. Además, intuía que aquella mujer no aceptaría una relación sin ataduras, y él se había vuelto adepto a evitar aquella clase de mujeres desde que se había liberado de un matrimonio que nunca debería haber tenido lugar.

—En ese caso, viajaremos hoy mismo a Milán.

—¿Viajaremos? —repitió Charlie, claramente sorprendida.

–Tengo muchas cosas que hacer antes de la presentación oficial del coche, y, si quieres ponerte al tanto de todo, a ti también te conviene estar allí cuanto antes.

–No tengo preparado el equipaje. Ve tú a reunirte con tu familia. Yo puedo viajar después.

–No hay nadie esperando mi llegada –replicó Alessandro con más firmeza de la que pretendía–. Pero este fin de semana van a acudir algunos clientes al circuito de pruebas para conducir el modelo de muestra. Seb estaba realmente ilusionado con eso, y me dijo que allí te sentirías en tu elemento.

–A pesar de todo, puedo viajar por mi cuenta –la suavidad del tono con que Charlie dijo eso supuso una auténtica tortura para la inesperada pasión que había despertado en Alessandro.

–Tengo un avión esperando. Podemos estar en Milán antes del anochecer.

Charlie lo miró con expresión de duda, y Alessandro sintió que se le encogía el corazón. Seb siempre había hablado de un modo muy protector respecto a su hermana, y en ese momento comprendía por qué. Charlie era lo suficientemente mujer como para despertar la vena protectora de cualquier hombre. Pero hacía años que él trataba de evitar aquella clase de sentimientos, porque quedaron prácticamente destruidos por su divorcio. Estaba muy lejos de ser el hombre adecuado para proteger a Charlotte Warrington y lamentaba haber hecho ninguna promesa a Seb.

No podía hacer aquello. No podía arriesgarse. Charlie suponía una tentación muy dulce, pero sa-

bía que estaba prohibida para él. Se trataba de la
hermana de Seb, la mujer que su amigo siempre
había querido proteger. Si permitía que la pasión se
adueñara de la situación, estaría incumpliendo su
promesa a Seb. No estaría protegiéndola.

–¿Y qué vas a hacer mientras preparo el equipaje? –preguntó Charlie, tensa, molesta por el hecho de que Alessandro ya estuviera tomando deci-
siones por ella cuando ni siquiera se habían ido aún
de su casa–. ¿Tomar más café?

–No –Alessandro sonó muy italiano incluso pro-
nunciando aquel monosílabo–. Te espero aquí.

Estaba claro que era un hombre exasperante, y
Charlie recordó lo que le comentó Seb sobre él en
una conversación telefónica. «Es un hombre que
sabe lo que quiere y que no permite que nada se
interponga en su camino».

Alessandro la quería en la presentación. Eso estaba claro. Pero ¿por qué? ¿Estaría alterando sus
planes al ponerle sus condiciones? Eso esperaba.
Probablemente había llegado el momento de que
aquel hombre aprendiera que no podía conseguir
todo lo que quería cuando quería.

–Muy bien. Haré el equipaje tan rápidamente
como pueda –dijo a la vez que se encaminaba deprisa hacia la puerta de la cocina.

–Aquí te espero, *cara* –el sedoso matiz de la voz
de Alessandro avivó el rescoldo de deseo que aún
ardía en el cuerpo de Charlie.

Subió rápidamente las escaleras que llevaban a

su cuarto, disfrutando de la sensación de anticipación que siempre le habían producido los viajes que solía hacer con el equipo de Seb. Pero nunca se había sumado a aquella excitación el hecho de que la estuviera esperando un hombre tan atractivo.

Alejó aquel pensamiento de su mente mientras llenaba rápidamente una pequeña bolsa de viaje con lo necesario para pasar unos días. Si necesitaba algo más ya lo compraría en Italia. Tras cambiarse y aplicarse un poco de maquillaje, bajó a la cocina.

La expresión de sorpresa de Alessandro al verla de regreso tan pronto le hizo sonreír.

–¿Tienes el pasaporte? –preguntó mientras se acercaba a ella para tomar la bolsa que sostenía.

Al sentir el roce de sus dedos, Charlie lo miró y se ruborizó al ver el destello de algo muy parecido al deseo en sus ojos, el mismo que sin duda debía de estar brillando en los suyos. ¿Lo habría reconocido él también?

Esperaba que no. Desde el momento en que se habían visto por primera vez la atracción había sido fuerte, y no había hecho más que aumentar con cada minuto que había pasado, pero ni quería ni podía hacer nada al respecto. Hacerlo habría supuesto una deslealtad hacia Seb. Fuera lo que fuese lo que hubiera sucedido la noche del accidente, aquel era el socio de Seb.

Dudó. ¿Podía hacer aquello? ¿No suponía un riesgo ir a cualquier sitio con aquel hombre? El deseo que despertaba en ella contrastaba en exceso con la rabia que sentía por la muerte de su hermano.

Pero, por lo que a ella se refería, Alessandro Roselli era el responsable de la muerte de Seb, y eso era algo que no pensaba olvidar ni por un momento.

Aquello iba a ser más difícil de lo que se había imaginado, pensó Sandro mientras tomaba la bolsa de viaje de Charlie, que se había puesto unos ceñidos pantalones de color beige, una blusa blanca, una cazadora marrón oscura y zapatos de tacón. Estaba muy elegante, y apenas se parecía en nada a la desarreglada y despeinada jardinera que había encontrado a su llegada.

Así vestida se parecía mucho más a la mujer que había visto en la televisión promocionando al equipo de Seb.

—Debería avisar a mi vecina de que me voy de viaje —dijo Charlie tras sacar su pasaporte de un cajón.

—¿Para qué? —preguntó Alessandro con curiosidad.

—Para que eche un vistazo a la casa mientras estoy fuera y se ocupe de regar el jardín —contestó Charlie mientras se ponía a marcar un número en su móvil—. Al menos por unos días.

La actividad de jardinera de Charlie no encajaba con la sofisticada imagen que había ofrecido al mundo mientras promocionaba al equipo. ¿Habría utilizado aquella casa y aquel jardín como un medio de escape del frenesí mediático que había seguido al accidente? Alessandro sabía muy bien lo que era sentir la necesidad de escapar, algo que ya había tenido que hacer dos veces en su vida.

—¿Renunciaste a tu carrera para ser jardinera? —preguntó cuando Charlie colgó.

—Siempre me ha gustado la jardinería, pero nunca había sentido la necesidad de cambiar de vida hasta el accidente de Seb. La muerte de mi hermano lo cambió todo. Por eso quiero averiguar todo lo que pasó ese día. Tengo que entender por qué sucedió.

La necesidad que experimentó Alessandro de contárselo todo, de hacerle comprender que, a pesar de lo que pudiera pensar, él no había sido el culpable de la muerte de su hermano, resultó abrumadora. Pero no estaba haciendo aquello por sí mismo, sino por Seb, y haría bien en recordarlo cada vez que sintiera la tentación de sucumbir a Charlie. Debido a su sentido del honor, y a la promesa que había hecho a Seb y posteriormente a su padre, debía considerar a Charlie fuera de su alcance.

Capítulo 3

YA ESTABA oscureciendo cuando el coche se detuvo ante el complejo en el que se encontraban las oficinas y talleres de Alessandro, y Charlie vio por primera vez el lugar del que tanto y con tanto entusiasmo y orgullo le había hablado su hermano.

Experimentó una oleada de tristeza. Allí era donde Seb había pasado sus últimas semanas, y ella podría haber formado parte de aquello si hubiera aceptado su oferta de acudir allí a visitarlo en lugar de haber estado tan centrada en su propia carrera. La misma carrera que había dejado tras la muerte de Seb.

Salió del coche y contempló con tristeza los edificios.

—Debería haber venido cuando Seb me lo pidió —murmuró casi para sí misma.

—Seb siempre esperó que vinieras algún día —dijo Alessandro sin el más mínimo tono de reproche a la vez que apoyaba una mano en la espalda de Charlie.

—Ojalá lo hubiera hecho —la voz de Charlie surgió cargada de emoción a pesar de sí misma. Se sentía expuesta y vulnerable, casi como si estuviera totalmente desnuda ante Alessandro.

–¿Y por qué no viniste? –preguntó él tras introducir un código para abrir la puerta acristalada de la entrada del edificio.

–Estaba muy ocupada con mi trabajo. Ya sabes lo ajetreado que suele resultar el final de la temporada de las carreras.

Al ver la escéptica expresión con que Alessandro escuchó aquellas palabras, Charlie sintió que se le acaloraban las mejillas. Podría haber ido, pero lo cierto era que se había sentido un poco amenazada por la nueva vida que había encontrado Seb. Siempre habían mantenido una relación muy cercana, pero, después de que Seb conociera a Alessandro, todo había cambiado. Ella se alegró de que su hermano hubiera encontrado algo que lo apasionara tanto, pero no había esperado que aquello lo alejara tanto de ella.

Alessandro se encogió de hombros, pero Charlie sabía lo que estaba pensando, y respondió como si lo hubiera manifestado en voz alta.

–Entonces no sabía que el tiempo corría en mi contra.

Alessandro soltó la puerta que había mantenido sujeta para dejar pasar a Charlie. Cuando ella lo miró, vio que su expresión se había endurecido ante la acusación que había implícita en sus palabras. ¿Sentiría alguna culpabilidad? ¿Estaría arrepentido de algo?

Cuando Alessandro dio un paso hacia ella, lamentó que el vestíbulo no estuviera más iluminado, o que no hubiera alguien cerca, de manera que la presencia de aquel hombre que la excitaba tanto como la irritaba no resultara tan imponente.

–Sea cual sea la culpa que arrastras, Charlotte,

no la necesito añadida a lo que siento –la voz de Alessandro surgió como un ronco gruñido que ocultara bajo la superficie una serpiente esperando a asestar su golpe mortal.

–El mero hecho de que digas eso implica que estás admitiendo cierto grado de culpabilidad –replicó Charlie.

Cuando Alessandro dio un paso hacia ella en la penumbra reinante, Charlie sintió cómo arreciaban los latidos de su corazón, y no precisamente debido a su enfado, sino a la atracción, algo que no quería sentir en aquellos momentos, ni por aquel hombre.

–Peligrosas palabras, *cara* –murmuró Alessandro, y Charlie pensó que casi parecía un tigre a punto de saltar sobre ella.

–He venido aquí para ver en qué estaba trabajando Seb –contestó, y giró sobre sí misma para encaminarse hacia las escaleras mientras se esforzaba por mantener sus emociones bajo control–. ¿Te importaría que nos limitáramos a eso? Después me gustaría ir al hotel más cercano.

Estaba a punto de empezar a subir las escaleras cuando el vestíbulo se vio inundado de luz. Al volverse, vio que Alessandro señalaba con una mano el lateral de la escalera.

–Por aquí. Será mejor que tomemos el ascensor.

Charlie experimentó un revoloteo de ansiedad en la boca del estómago. ¿Estaba realmente preparada para ver en qué había estado trabajando Seb? Sabía que no, pero también sabía que necesitaba hacerlo si quería superar alguna vez lo sucedido para seguir adelante con su vida.

Alessandro la observaba mientras esperaba a que se acercase al ascensor.

—No tenemos por qué hacer eso esta noche.

Charlie creyó captar un matiz de sincera preocupación en el tono de Alessandro. Cuando lo miró a los ojos sintió que todo lo demás daba vueltas a su alrededor. El tiempo pareció quedar en suspenso por unos instantes. Charlie bajó las pestañas. No era el momento de ponerse imaginativa. Nunca le había pasado nada parecido, y no entendía por qué tenía que sucederle precisamente en aquellos momentos y con aquel hombre.

—Quiero hacerlo —dijo rápidamente a la vez que entraba en el ascensor—. Pero no había anticipado algo así. Se suponía que hoy iba a ser un día más, pero entonces has aparecido y... —su voz se fue apagando y bajó la mirada.

—Debería haberme puesto antes en contacto contigo, pero no sabía si querrías verme —dijo Alessandro en tono desenfadado a la vez que pulsaba un botón del ascensor.

—Te habría dicho que no —Charlie le dedicó una sonrisa llena de sarcasmo—. No te habría visto y nunca habría venido aquí.

Las puertas del ascensor se abrieron y Charlie salió a un amplio despacho desde cuyos grandes ventanales se divisaban unas magníficas vistas de Milán, iluminada a aquellas horas de la noche como un gigantesco árbol de Navidad.

—*Grazie* —dijo Alessandro tras ella.

Charlie buscó su mirada en el reflejo de los ventanales.

–¿Por qué? –preguntó, temiendo que la tensión que se estaba acumulando en su interior estallara en cualquier instante.

–Por tu sinceridad. Por decir que no habrías querido verme.

–No tengo motivos para ocultar que me desagradas –replicó Charlie, aunque una vocecita interior la tildó de inmediato de mentirosa. Aunque debería, lo cierto era que aquel hombre no le desagradaba en lo más mínimo.

–¿No te parece que la palabra «desagradar» es un poco fuerte? –murmuró Alessandro.

Charlie decidió que tenía que parar aquello de inmediato. Estaba sucediendo entre ellos algo que no podía controlar y no le gustaba. ¿O sí?

–Me desagradas intensamente, Alessandro –dijo a la vez que se volvía hacia él–. Y la verdad es que no sé qué estoy haciendo aquí.

La mirada de Alessandro se volvió más oscura que el cielo nocturno, y Charlie se sintió prácticamente hipnotizada por su profundidad.

–Estás aquí porque no has podido evitarlo –el tono grave y delicado de Alessandro fue como una caricia para los nervios de Charlie–. Porque es lo que necesitas hacer por Seb.

La mención del nombre de su hermano disipó de inmediato el estado de trance en que se encontraba Charlie. No debía olvidar en ningún momento que estaba allí por su hermano. No podía perder la perspectiva por culpa de los seductores encantos del último hombre por el que debía sentirse atraída.

–Exacto –dijo con firmeza–. Y lo primero que me gustaría es ver dónde trabajaba.

Alessandro tuvo que darse un zarandeo mental para salir del estado casi hipnótico en que se hallaba. Consciente de que iba a ser un tema delicado, había retrasado al máximo el momento de ponerse en contacto con la hermana de Seb, pero lo que no se había esperado en ningún momento había sido el vehemente y casi incontrolable deseo que aquella mujer despertaba en él.

Si hubiera sido cualquier otra, habría actuado en consecuencia y habría explorado de inmediato la expectante pasión que latía entre ellos.

–Sí. Por aquí –fue todo lo que pudo decir a la vez que señalaba una puerta que se hallaba en el extremo del despacho.

–Gracias –murmuró Charlie.

Alessandro fue hasta la puerta y, tras abrirla, se apartó para dejarle pasar al despacho que había ocupado Seb.

–Aquí es donde solía trabajar tu hermano.

Charlie contempló un momento la amplia y vacía habitación antes de encaminarse hacia el escritorio, sobre el que había algunos bosquejos de un coche junto a un ordenador portátil cerrado.

–¿Es esto lo que hacía? –preguntó, y Alessandro notó que le temblaba la mano ligeramente mientras deslizaba un dedo por las hojas.

–Sí –fue todo lo que pudo contestar, consciente del doloroso momento que estaba pasando Charlotte.

–¿Y qué más?

Al ver que sus ojos destellaban a causa de las lágrimas contenidas, Alessandro sintió que se le encogía el corazón. Agradecido por la distracción, fue hasta el escritorio y abrió el portátil.

—Aquí hay un montón de fotos, además de todo lo que creó en el programa de diseño —dijo a la vez que volvía el ordenador hacia ella.

Charlie dudó un momento y Alessandro se preguntó si aquello estaría siendo demasiado para ella. Miró sus ojos, cuyo verde pareció volverse más intenso mientras contemplaba en la pantalla una foto en la que aparecía Sebastian sentado al volante del coche de pruebas.

—¿Cuándo se tomó? —preguntó con un hilo de voz.

Al notar los esfuerzos que estaba haciendo por no desmoronarse, Alessandro deseó por primera vez en su vida que una mujer rompiera a llorar delante de él. Era evidente que Charlotte necesitaba aliviar de algún modo su dolor.

—El día anterior al accidente —debido al esfuerzo que hizo para mantener la voz calmada, las palabras de Alessandro sonaron frías incluso a sus propios oídos. Había mirado aquella foto muchas veces desde el accidente, conmocionado por el destello de preocupación que había en la mirada de Seb. ¿Lo habría notado también Charlie?

Al mirarla y ver sus ojos llenos de lágrimas, rodeó rápidamente el escritorio y, sin pensar en las consecuencias, la tomó entre sus brazos. Sin dudarlo un instante, Charlie aceptó el consuelo que le ofrecía y se tapó la cara con las manos a la vez que

apoyaba la frente contra su pecho y rompía a sollo-
zar.

—*Dio mío*. Esto está siendo demasiado para ti
—murmuró Alessandro mientras trataba de apaci-
guarla acariciándole la espalda con las manos.

—No... no lo es...

—Claro que sí, *cara* —Alessandro habló en el tono
apaciguador que había utilizado muchas veces con
su hermana mientras crecían. Pero aquella no era su
hermana. Era una mujer a la que deseaba con cada
célula de su cuerpo.

—Debería... debería... —los sollozos impidieron
continuar a Charlie y, sin pensar en lo que hacía,
Alessandro inclinó la cabeza para besarla en el
pelo. Charlie se quedó muy quieta entre sus brazos
y Alessandro cerró los ojos cuando su mente se
llenó de recuerdos de la época en que llegó a creer
que su vida era plena. Apartó de su mente la certeza
de haber fracasado en su intento de ser el hombre
que su esposa había querido, alzó la barbilla y respiró profundamente.

Siguió abrazando a Charlie mientras lloraba,
mientras le transmitía su dolor con cada sollozo,
haciéndolo más y más consciente de la culpabilidad
que sentía por no haber estado allí la noche que Seb
decidió volver a sacar el coche. De haber estado
habría notado su euforia, inducida por el alcohol y
las drogas, y habría podido detenerlo. Desde entonces no había dejado de preguntarse cómo era posible que hubiera pasado tantos meses trabajando con
Seb sin haber detectado el problema.

Volvió a inclinar la cabeza para besar el pelo de

Charlie, pero incluso mientras murmuraba palabras de consuelo supo que tenía que parar. Resultaba desconcertante admitir que le habría gustado ser para ella algo más que un mero hombro sobre el que llorar.

Afortunadamente, los sollozos acabaron amainando y Charlie se irguió un poco para mirarlo. Estaban tan cerca que parecían amantes. Alessandro podría haber besado sus labios sin ninguna dificultad, pero sus mejillas, húmedas a causa de las lágrimas, le hicieron recordar que no lo eran y por qué estaban allí.

—Debería haber hecho esto hace tiempo —murmuró finalmente Charlie.

—¿Esta es la primera vez que lloras? —preguntó Alessandro, incrédulo.

Charlie sonrió con tristeza mientras asentía.

—Gracias —su voz surgió como un susurro y parpadeó cuando una lágrima se deslizó de sus ojos. Alzó una mano para apartársela de la mejilla, pero, antes de pensar en lo que estaba haciendo, Alessandro se le adelantó y se la frotó delicadamente con el dorso de su mano.

Todo cambió en aquel instante. De pronto se vieron envueltos en una burbuja cargada de tensión, de sensualidad. Incapaz de contenerse, Alessandro tomó el rostro de Charlie entre sus manos y miró sus ojos verdes, llenos de tristeza y dolor... y de algo muy distinto y completamente inapropiado.

—De nada —respondió, pero su voz surgió más profunda y ronca que nunca.

Charlie cerró los ojos y apoyó la mejilla contra

su mano. El instinto se adueñó de Alessandro, que le acarició el rostro antes de introducir los dedos entre su pelo. Deseaba besarla, inclinar la cabeza y saborear sus carnosos labios. La deseaba. Aquello era en lo único en que lograba pensar en aquellos momentos. Nada más importaba. Nada más.

Charlie se arrimó a él a la vez que cerraba los ojos y acercaba los labios a su boca. Fue un beso delicado, cargado de indecisión, pero, cuando Alessandro pasó un brazo tras su cintura y la atrajo hacia sí, se volvió más profundo, más intenso.

Charlie era consciente de que no debería estar besándolo de aquel modo, de que aquello solo podía depararle problemas, pero la necesidad de sentir los labios de Alessandro contra los suyos era abrumadora.

Alessandro la ciñó con más fuerza por la cintura y le hizo inclinar la cabeza para deslizar la lengua entre sus labios. Instintivamente, Charlie los entreabrió para darle la bienvenida con la suya a la vez que le rodeaba el cuello con los brazos.

De pronto, con una firmeza que dejó a Charlie sin aliento, Alessandro la tomó por los hombros y la apartó de su lado. Charlie se quedó tan perturbada que, aunque su agitada respiración le hubiera permitido hacerlo, no habría sabido qué decir.

Tras unos segundos, Alessandro la soltó y dio un paso atrás a la vez que mascullaba una serie de furiosas maldiciones en italiano.

Charlie no entendió lo que dijo, pero su lenguaje corporal fue lo suficientemente expresivo como para disipar cualquier duda. ¿No le había gustado el beso? ¿No lo había deseado también él? Y, si no era así, ¿por qué la había alentado? ¿Se trataría de alguna clase de juego?

–Esto no debería haber pasado –dijo a la vez que se erguía todo lo posible a pesar de sentir que sus rodillas se habían vuelto de gelatina.

–¡Desde luego que no! –Alessandro agitó las manos en el aire mientras se encaminaba hacia la puerta–. ¡Eso no debe suceder nunca entre nosotros!

A pesar de su conmoción, de su dolor, Charlie siguió mirándolo, negándose a sentirse intimidada. ¿Qué más daba que Alessandro no quisiera sus besos?

–No estaba pensando... –balbuceó–. No sabía lo que estaba haciendo...

Alessandro entrecerró los ojos y permaneció en el otro extremo del despacho.

–Eso parece –murmuró–. Además, ya es hora de que nos vayamos de aquí.

–Aún no he visto casi nada... –trató de protestar Charlie.

–Ya has visto más que suficiente por ahora –replicó Alessandro con firmeza–. Esta noche vas a quedarte conmigo.

–¿Contigo? –repitió Charlie, desconcertada.

–Estás muy disgustada y te estás comportando irracionalmente. No puedo dejarte sola en el hotel esta noche.

Estaba claro que Alessandro no iba a admitir ninguna discusión al respecto, y Charlie tuvo que reconocer que desde que se había presentado en su jardín aquella mañana no había hecho más que sufrir una conmoción tras otra.

–Pídeme un taxi para que me lleve a un hotel de la ciudad –dijo con toda la valentía de la que pudo hacer acopio a la vez que se encaminaba hacia él con paso firme.

Pero Alessandro no se movió de delante de la puerta.

–Seb tenía razón –dijo, mirándola a los ojos.

–¿A qué te refieres con eso? –preguntó Charlie sin ocultar su irritación.

Un amago de sonrisa dio paso a un gesto de exasperación en el rostro de Alessandro.

–Sé más sobre ti de lo que crees, Charlotte Warrington –dijo y, sin añadir nada más, giró sobre sí mismo y salió del despacho.

Charlie se quedó momentáneamente desconcertada, pero lo siguió.

–No pienso ir contigo a ningún sitio, especialmente después de lo que ha pasado.

Alessandro se volvió tan rápidamente que Charlie estuvo a punto de chocar con él.

–¿Necesito recordarte que eres tú la que me ha besado, *cara*?

Charlie notó que le ardían las mejillas mientras la profunda y sexy voz de Alessandro envolvía su cuerpo como una caricia, alentando de nuevo la llama del deseo.

–Evidentemente, eso ha sido un gran error –siseó–. Pero ten por seguro que no volveré a cometerlo.

–*Va bene!* –Alessandro detuvo un momento la

mirada en sus labios antes de añadir–: En ese caso, no hay ningún peligro en que pases esta noche en mi apartamento.

–¿Peligro? ¿Acaso crees que soy una especie de depredadora femenina?

Alessandro se limitó a alzar una ceja sin decir nada. A pesar de la humillación que sintió, Charlie le sostuvo la mirada.

–¿Por qué quieres hacer esto? ¿Por qué te parece tan importante que esté en la presentación del coche?

–Como ya te he explicado, le hice una promesa a tu hermano, y pienso cumplirla –dijo Alessandro, que a continuación abrió la puerta de su despacho y señaló el pasillo que llevaba a los ascensores–. Por aquí, *cara*.

Charlie se quedó con la sensación de que Alessandro había ganado. No sabía qué había ganado, pero lo había hecho. Sin embargo, pasar una noche en su apartamento tampoco tenía por qué ser tan duro. Al día siguiente buscaría un hotel y, en cuanto terminara la presentación, regresaría al refugio de su casa y su jardín, el único lugar en el que se sentía a salvo.

Alessandro cerró la puerta de su apartamento y observó a Charlie mientras avanzaba por el espacioso cuarto de estar. No había dicho una palabra desde que se habían ido de sus oficinas y, sin embargo, la tensión que había entre ellos no había hecho más que aumentar. Probablemente había sido una locura llevarla allí.

–La suite de invitados está lista para ser usada –dijo con severidad, ansioso por alzar alguna barrera de protección.

–Gracias –murmuró Charlie, que, tras echar un rápido vistazo a su alrededor, se encaminó hacia las puertas del balcón para observar las iluminadas y aún ajetreadas calles de Milán.

–¿Te apetece algo de comer o de beber? –preguntó Alessandro, más que nada para distraerse de la visión del curvilíneo cuerpo de Charlie, realzado por el contraluz que ofrecía contra el ventanal.

Charlie se volvió a mirarlo.

–No, gracias. Ha sido un día realmente ajetreado y mañana necesito estar bien despejada.

–¿Despejada? –repitió Alessandro con el ceño fruncido.

–Sí. Tengo mucha información que asimilar antes de la presentación oficial del coche.

–Tienes razón –Alessandro se inclinó para tomar la pequeña bolsa de viaje de Charlie y se encaminó hacia la suite de invitados. A él también le sentaría bien descansar aquella noche, aunque no estaba nada convencido de que fuera a lograrlo.

Antes de abrir la puerta, se volvió un momento hacia Charlie.

–Tu hermano también se alojaba aquí. ¿Lo sabías?

–No –dijo Charlie, desconcertada–. No entiendo. Creía que había buscado algo para alquilar.

–Lo hizo –explicó Alessandro mientras entraban en la suite–. Pero al final decidió quedarse aquí. A fin de cuentas, estábamos trabajando en el mismo proyecto.

–¿Este fue el último lugar en que estuvo alojado?

Alessandro esperaba y temía aquella pregunta.

–Sí –contestó escuetamente.

Charlie miró a su alrededor.

–¿Y sus cosas?

–Se las envié a tu padre.

Charlie asintió lentamente.

–Comprendo.

–Hay otra habitación –ofreció Alessandro rápidamente–. Es bastante más pequeña, pero si prefieres...

Charlie negó con la cabeza.

–Me gustaría quedarme aquí.

–De acuerdo. Buenas noches, Charlotte.

Alessandro salió de la habitación preguntándose si habría enloquecido por completo. No solo había respondido a la invitación de los labios de Charlie y la había besado, sino que además la había alojado en la misma habitación que había ocupado Seb. Con cada minuto que pasaba estaba resultando más y más difícil cumplir la promesa que le había hecho a su amigo de cuidar de su hermana, de implicarla en el proyecto.

Y también estaba resultando cada vez más difícil mantener oculta la verdad.

Capítulo 4

HAS dormido bien?
La pregunta de Alessandro hizo salir a Charlotte de su ensimismamiento mientras desayunaban en medio de la tranquilidad reinante en el apartamento.

–Sí –mintió tras dar un sorbo a su zumo de naranja. Dormir en la habitación que había utilizado Seb había tenido el efecto contrario al que esperaba, y se había pasado media noche llorando. Al menos aquello le había servido para desahogarse un poco.

Alessandro la miró y Charlie supo que estaba observando sus ojeras. Afortunadamente, tuvo el detalle de no comentarlo.

–Por la tarde tengo varias cosas que hacer antes de la presentación, pero esta mañana podemos ir a mis oficinas o al circuito de pruebas.

«El circuito de pruebas». Aquellas palabras hicieron regresar a Charlie a la época en que se pasaba el día en los circuitos con su padre y su hermano. Allí era donde había aprendido a conducir de verdad, muy a pesar de su madre.

–Me gustaría ver el coche –dijo, pensativa–. Hace mucho que no visito un circuito.

—De acuerdo —Alessandro dejó su taza de café en la mesa—. Seb me dijo que los circuitos también formaron una gran parte de tu infancia.

Incapaz de enfrentarse a la intensidad de la mirada de Alessandro, Charlie bajó la vista hacia su zumo.

—Pasaba mucho tiempo en los circuitos.

—¿Y qué pensaba tu madre de eso?

—No le importaba que fuera Seb —Charlie alzó involuntariamente la mirada y lamentó de inmediato haberlo hecho.

La expresión del atractivo rostro de Alessandro parecía muy relajada, pero había algo en ella que no lograba interpretar. Por algún motivo le recordó a la de un felino tratando de imbuir en su presa una falsa sensación de seguridad.

—Percibo un «pero» en tu respuesta.

Charlie se preguntó cuánto le habría contado Seb. ¿Sabría que su madre nunca quiso que ella se viera envuelta en el mundillo de las carreras de coches? ¿Sabría que odiaba aquella clase de vida, que odiaba que su marido flirteara con las bellas mujeres que siempre merodeaban por aquel mundillo? Su madre nunca quiso ser el segundo plato de nadie y acabó abandonando a su marido y a sus hijos.

—A mi madre no le gustaba que frecuentara ese ambiente. No le parecía adecuado que me dedicara a conducir coches de carreras. Quería que fuera una dama, no una especie de marimacho, y eso siempre fue motivo de conflictos.

Alessandro esbozó una sonrisa encantadora y sus ojos brillaron maliciosamente.

–Ahora comprendo. Insististe en que te llamaran Charlie para poder seguir siendo un marimacho.

–Algo así.

–Pero eres una mujer preciosa, Charlotte. ¿Por qué ocultarlo?

La intensidad de la mirada de Alessandro hizo que el corazón de Charlie latiera más deprisa.

–Era una adolescente rebelde –explicó escuetamente. Ya había dicho más que suficiente y era hora de cambiar de tema. No estaban allí para hablar de ella, sino de Seb–. ¿Podemos irnos ya? Me gustaría ver el coche.

–Por supuesto –Alessandro apartó su silla de la mesa y se levantó–. ¿Estás segura de que eso es lo que quieres hacer?

–Sí, estoy segura. Pero antes de irnos me gustaría saber qué te comentó mi padre cuando le hablaste de la presentación del coche.

–Creo que lo único que quiere tu padre es tu felicidad.

Charlie asintió lentamente.

–Necesito ponerme en contacto con él para decirle que voy a asistir.

–Ya lo sabe.

Charlie no percibió nada extraño en la expresión de Alessandro, pero, una vez más, no logró librarse de la sensación de que ocultaba algo. Pero lo dejó correr. En aquellos momentos, ver el coche que se había convertido en la meta principal de la vida de Seb era lo que más le importaba.

–¿Y sabes si va a venir él? –preguntó con todo el desenfado que pudo.

—Espera poder hacerlo.

—Típico de mi padre.

—Vámonos —dijo Alessandro mientras tomaba sus llaves y se ponía una cazadora de cuero que tenía en el respaldo de la silla.

Su innegable estilo al hacerlo enfatizó la sensación de fuerza latente que emanaba de su cuerpo, y Charlie se obligó a apartar la mirada y a pensar en otras cosas. Aquel no era el momento ni el lugar para sentirse atraída por un hombre... especialmente por aquel.

Alessandro no fue capaz de manejar el tráfico matutino de Milán con su habitual facilidad. Apenas podía concentrarse en la conducción porque no podía evitar sentirse distraído por la mujer que lo acompañaba.

—¿Has vivido siempre en Milán? —preguntó Charlie, y el tono ligeramente ronco de su voz solo sirvió para intensificar la distracción de Alessandro.

—Casi toda mi vida de adulto —contestó.

—Seb mencionó que tu familia procede de la Toscana y que se dedica a la producción de vino.

Parecía que Charlie solo quería charlar, pero Alessandro pensaba que cuando una mujer preguntaba por la familia siempre había una intención oculta. Pero ¿cuál podía ser la de Charlie?

Se encogió de hombros mientras tomaban la autopista que llevaba hasta el circuito de pruebas.

—Es cierto, pero a mí me apasionaban más los coches que el vino. En cuanto pude me trasladé a

Milán, terminé mis estudios y empecé a trabajar para la empresa de mi tío. Con el tiempo logré convertirla en el éxito que es hoy en día. El resto es historia.

–¿Y este coche? ¿También forma parte de tu pasión por los coches? –el tono aterciopelado con el que habló Charlie hizo que las pulsaciones de Alessandro arreciaran.

La miró de reojo y vio que estaba observando el interior del coche con sincero interés, dejando claro que lo que había dicho Seb era cierto. No era mucho mayor que su propia hermana, pero a sus veinticuatro años ya había llegado a lo más alto de su profesión, promocionando primero el equipo de carreras de su padre y luego el de Seb. Había alcanzado el éxito por sus propios medios, y ese éxito había nacido de su pasión por los coches. Ese era el motivo por el que Seb se había empeñado en que asistiera a la presentación.

Charlie deslizó la punta de los dedos por el salpicadero del coche, dejando en evidencia ante Alessandro su amor por los coches... y también que era una mujer apasionada. La noche anterior le había dado otra muestra evidente de ello con su beso.

Alessandro pisó el acelerador en un intento de centrar su atención en otra cosa y el coche respondió al instante.

–Impresionante –dijo Charlie rápidamente, con una mezcla de humor e ironía.

Alessandro gruñó interiormente. Charlie creía que había acelerado el coche para impresionarla, cuando lo único que pretendía era dejar de estar centrado en ella.

Afortunadamente, ya estaban cerca del circuito y no iba a tener que soportar durante mucho más tiempo aquella obligada proximidad, el ligero perfume de Charlie invadiendo sus sentidos.

Un involuntario suspiro de alivio escapó de entre sus labios cuando giró para tomar la calle que llevaba directamente al circuito de pruebas Roselli. Aparcó en la parte trasera del taller en que se hallaban todos los prototipos de los coches que estaban siendo probados.

Charlie bajó del coche sin apartar la mirada del edificio y Alessandro supo que sentía ansiedad. La tensión que denotaban sus hombros evidenciaba sus nervios.

–No tienes por qué hacer esto. Si quieres podemos ir de nuevo a mis oficinas.

Charlie se volvió a mirarlo con el ceño fruncido a la vez que alzaba una mano para apartarse el pelo de la frente.

–Quiero hacer esto y voy a hacerlo, por mucho que te empeñes en disuadirme.

Alessandro tuvo que esforzarse por no sonreír al escuchar la determinación del tono con que Charlie dijo aquello. Su mirada manifestó el mismo fuego y coraje que siempre tuvo la de Seb, aunque el verde de sus ojos era más parecido al de una esmeralda dura y brillante.

–De acuerdo –dijo con un encogimiento de hombros a la vez que se volvía hacia la entrada–. Pero el coche que vas a ver es el modelo de pruebas. El original se reserva para la presentación.

–Mejor aún. Así podré enterarme de los cambios

que se han realizado desde que Seb lo condujo por última vez.

—Es una copia exacta del prototipo que condujo Seb. No ha sido necesario realizar ningún cambio desde entonces.

Charlie alzó las cejas con expresión sorprendida.

—¿Ninguno?

—No —Alessandro fue hasta la puerta y marcó su código de entrada con la esperanza de que Charlie no siguiera con aquel tema. No quería mentirle, pero a la vez temía que no fuera capaz de asimilar la verdad.

Cuando entraron, los mecánicos que estaban trabajando en el taller volvieron la mirada hacia ellos. Alessandro notó que Charlie ignoraba sus especulativas miradas y se encaminaba directamente al coche gris aparcado en el centro del taller, listo para ellos.

Permaneció a cierta distancia mientras ella rodeaba lentamente el coche y deslizaba una mano con delicadeza por uno de sus laterales, trazando los elegantes ángulos de su aerodinámica carrocería. Alessandro no pudo evitar desear ser el coche en aquellos momentos.

—¿Puedo? —preguntó Charlie a la vez que señalaba la puerta del vehículo.

Incapaz de pronunciar palabra en aquellos momentos, Alessandro se limitó a asentir.

Cuando Charlie estuvo sentada ante el volante, se acercó al coche y se apoyó contra la puerta abierta mientras trataba de no fijarse en cómo se curvaba el asiento en torno a sus muslos. Para conseguirlo mantuvo la mirada fija en su rostro mientras Charlie devoraba abiertamente todo con ojos hambrientos. Parecía nacida para estar sentada ante un volante, y también parecía que aquel coche en particular había sido diseñado para ella.

–Es asombroso –murmuró en un tono más ronco del habitual, y Alessandro tuvo que apretar los dientes para reprimir el deseo que al instante recorrió sus venas.

–Vamos a sacarlo a la pista –dijo rápidamente a la vez que hacía una seña a los mecánicos para que abrieran las puertas del taller. El sol lo invadió todo mientras estas se alzaban silenciosamente.

–Me gustaría conducirlo –Charlie habló en un tono que hizo recordar a Alessandro a la testaruda niña con la que había crecido. Su hermana casi siempre se salía con la suya cuando utilizaba aquel tono, sobre todo con él.

–Tal vez sería mejor que lo condujera yo primero. Tú puedes sentarte y disfrutar del paseo, como habría querido Seb que hicieras.

–Si piensas eso es que no conocías bien a Seb –Charlie alzó sus delicadas cejas sugerentemente a la vez que esbozaba una sonrisa y Alessandro supo al instante que había perdido aquella batalla–. Seb habría querido que condujera yo para poder concentrarse en escuchar el coche. Querría sentir el coche y fundirse con él sin la distracción de tener que conducirlo.

Alessandro apoyó una mano en el techo del coche y se inclinó para mirarla.

–*Va bene* –murmuró–. Puedes conducir, pero con mucho cuidado. Y yo iré contigo, por supuesto.

Charlie le dedicó una sincera sonrisa que pareció iluminar sus ojos. Alessandro decidió en aquel instante que quería que sonriera más a menudo y se autoasignó la misión de lograr que sucediera.

—Sé conducir —el sensual mohín que hizo Charlie con los labios tras decir aquello hizo que Alessandro tuviera que redoblar sus esfuerzos para refrenar el impulso de besarla.

Charlie era la primera mujer que había logrado despertar su adormecido cuerpo desde que se había liberado del error de su matrimonio, pero era territorio prohibido. Tanto que lo mismo habría dado que estuviera en la luna.

—Estoy seguro de que sabes conducir, pero después de haber tenido que tratar ya con una mujer que conducía demasiado deprisa soy reacio a volver a hacerlo.

—¿Qué mujer? —preguntó al instante Charlie.

—Mi hermana. Pero eso fue hace tiempo. A pesar de mis advertencias tomó una curva demasiado rápido y la cosa no acabó bien —Alessandro dijo aquello en tono ligero, cuando lo cierto era que le habría gustado volver atrás en el tiempo para lograr que su hermana le hiciera caso.

—No tienes que preocuparte por mí —dijo Charlie a la vez que arrancaba el coche—. A fin de cuentas, soy la hermana de Sebastian Warrington.

Pero estaba muy equivocada. Alessandro sabía que tenía que preocuparse por ella. La promesa que le había hecho a Seb implicaba que, además de lograr que asistiera a la presentación del coche, debía cuidar de ella, convertirse en una figura fraternal para ella, algo que no podría hacer si se dejaba llevar por lo que le dictaba su cuerpo cada vez que la miraba.

Charlie lo siguió con la mirada mientras rodeaba el coche para ocupar el asiento del copiloto.

–¿Estás lista? –preguntó Alessandro tras ponerse el cinturón de seguridad.

Charlie asintió y miró al frente a la vez que pisaba el acelerador y sacaba lentamente el coche al soleado exterior. Maniobró cuidadosamente hasta el circuito y comenzó a recorrerlo dosificando de forma adecuada el aumento de la velocidad.

Alessandro aprovechó su concentración en la carretera para contemplar su perfil. Llevaba el pelo sujeto en lo alto de la cabeza en una especie de desordenado moño que daba la sensación de que acababa de salir de la cama de su amante. Llevaba los labios comprimidos en un gesto de concentración muy parecido al que solía tener Seb mientras conducía, pero en su caso resultaba realmente sexy.

El volumen del sonido del motor fue aumentando según iba adquiriendo velocidad el coche, lo que hizo salir a Alessandro del peligroso territorio en que estaban entrando sus pensamientos.

–Relájate –la risa que había en el tono de Charlie no encajaba con la concentración de su rostro y, probablemente por primera vez en su vida, Alessandro no supo qué decir. Perturbado, se dio cuenta de que le estaba poniendo nervioso. Sentía que se estaba conteniendo, que, como su hermano, quería llevar el coche hasta sus límites. Pero ¿sería capaz de hacerlo? ¿Podría conducir realmente un coche como aquel aprovechando al máximo su potencia?–. No estarás nervioso, ¿no? –añadió Charlie, y su tono burlón sirvió para hacer salir a Alessandro de su ensimismamiento–. Hace tiempo que me enseñaron a hacer esto adecuadamente.

–No –mintió Alessandro mientras trataba de relajarse–. Pero lo cierto es que no se me da nada bien hacer de copiloto. Me gusta estar siempre al mando.

Charlie le dedicó una rápida mirada llena de ironía.

–¿Estamos hablando solo de conducir?

Alessandro se rio.

–Me refería a conducir, pero ya que lo mencionas...

–Veamos de qué pasta estás hecho –le interrumpió Charlie y, antes de que Alessandro tuviera tiempo de protestar, el coche salió lanzado como un torpedo, dejándolo pegado a su asiento.

Su mente se llenó de imágenes del momento en que llegó al lugar en que su hermana, Francesca, sufrió el accidente.

–¡Reduce! –exclamó.

–No lo estropees ahora, Alessandro. Sé lo que estoy haciendo.

–¡Charlotte! –insistió él sin apartar la mirada de la curva a la que se acercaban.

Charlie apenas pudo escuchar a Alessandro por encima del ruido del motor. Los latidos de su corazón habían arreciado a causa de la excitación que le producía estar de nuevo al volante de un coche tan poderoso como aquel. Hacía mucho tiempo que no experimentaba aquella maravillosa sensación y no tenía intención de interrumpirla. Aquello era precisamente lo que necesitaba para ahuyentar sus demonios.

Pisó con más fuerza el acelerador y se quedó maravillada al comprobar que el motor aún tenía mucho más que dar.

—Frena, Charlotte. Ahora mismo.

Alessandro dijo aquello en un tono lleno de autoridad, pero Charlie no estaba dispuesta a renunciar a aquel eufórico momento.

—¡Es asombroso! —exclamó entusiasmada mientras el coche tomaba la curva sin ninguna dificultad.

—¿Alguna vez haces caso de lo que te dicen? —preguntó Alessandro entre dientes.

Charlie se rio al percibir que estaba rígido a causa del enfado que le había producido su desobediencia.

—¿No te dijo nunca Seb que soy exasperante? —preguntó a su vez mientras tomaba una nueva y complicada curva.

—Eso es algo de lo que no hablamos, *cara*. Y ahora reduce la velocidad —añadió Alessandro en un tono cargado de firmeza y disciplina.

Charlie volvió a sonreír y sintió ganas de acelerar aún más el coche.

—¿Siempre te empeñas en estropear la diversión a los demás? —preguntó mientras reducía lo suficiente la velocidad como para poder hablar con él.